Henri IV

Quelques lettres de Henry IV relatives à la Touraine

Anatiposi

Henri IV

Quelques lettres de Henry IV relatives à la Touraine

Réimpression inchangée de l'édition originale de 1860.

1ère édition 2023 | ISBN: 978-3-38272-100-8

Anatiposi Verlag est une marque de Outlook Verlagsgesellschaft mbH.

Verlag (Éditeur): Outlook Verlag GmbH, Zeilweg 44, 60439 Frankfurt, Deutschland
Vertretungsberechtigt (Représentant autorisé): E. Roepke, Zeilweg 44, 60439 Frankfurt, Deutschland
Druck (Imprimerie): Books on Demand GmbH, In de Tarpen 42, 22848 Norderstedt, Deutschland

QUELQUES LETTRES

DE

HENRY IV

RELATIVES A LA TOURAINE

PUBLIÉES

PAR LE PRINCE AUGUSTIN GALITZIN

MEMBRE DE LA SOCIÉTÉ DES BIBLIOPHILES
DE TOURAINE

TOURS

IMPRIMERIE MAME ET Cⁱᵉ

M D CCC LX

Abel Jouan, dans son *Discours du voïage du Roy Charles IX,* rapporte que Henry IV, étant âgé de douze ans, passa quelques jours à Tours, en allant visiter, le 1er décembre 1565, Catherine de Médicis en son château de Chenonceau. Palma Cayet, d'accord avec plusieurs autres historiens de Henry IV, établit qu'il y séjourna presque tout le mois de mai 1589. Le vingt et unième novembre de cette même année il y entra comme Roi de France, et voici, d'après les Registres de la Cour des Comptes de Tours, dont nous avons trouvé une copie dans le tome CXLe du fonds Colbert, les sou-

Chambre et des le lendemain vingt deuxiesme du d. mois fut assemblée la compagnie et fut advisé par

Messieurs

Tambonneau et Gaiet } Presidens

Du Hamel

De Villemor

Vinain

Melissan

Despincé

Le Ferron

Maupou

G. Maupeou

Canaye et

Dagonet,

tous M^rs des Comptes ordinaires en la d. Chambre, qu'ils iroient tous en corps saluer le Roy et lui faire les susmissions accoustumées estre faites a l'advenement des Roys à la Couronne.

Et de faict à l'instant tous les des-

mier President en ladite Cour du Parlement eust faict entendre à Sa Majesté ce qu'il avoit charge de la part
de ladite Cour, Mesdits Sieurs des
Comptes se presenterent à genoux aux
piedz de Sadite Majesté a laquelle,
apres qu'elle les eust faict relever, le-
dit Sieur Tambonneau feit entendre
ce qu'il avoit charge de la part de ladite Chambre auquel il feit response,
que leurs desportements et actions luy
auroient rendu assez de tesmoignage
de la bonne devotion et singuliere affection qu'ils portent au bien de son
service dont il avoit très grand contentement, qu'il les prioit de continuer avec
assurance que, se presentant occasion,
il leur feroit paroistre soit en general
ou particulier, combien il avoit agreable
leurs services, dont ils le remercierent,
et apres avoir prins congé du d. Seigneur les genoux en terre, ils se reti-
rerent et en se retirant rencontrerent

Depuis cette époque, Henry IV vint
plusieurs fois à Tours [1], et chacun des
séjours qu'il y fit, quelque court qu'il
fût, est marqué par une lettre missive
ou une circulaire. Ce sont quelques pièces
de ce genre, qui ne se trouvent pas dans
l'excellent *Recueil des Lettres missives
de Henry IV, publié par M. Berger de
Xivrey*, que nous avons ici rassemblées.
Ce soin ne sauroit être taxé de puérilité
dès lors qu'il a trait à une aussi grande
et attachante individualité que celle de ce
bon Roi qui étoit réellement le plus brave
et le plus loyal gentilhomme de son
royaume.

ces raisons et les menaces que le Légat du Pape fit
aux Sénateurs d'une pareille censure, il fut unani-
mement résolu que Jean Moncenico, déjà ambassadeur en France, continueroit le même office auprès
de Henry IV. »

[1] Nommément en février et en mai 1593, en
mars 1598, en mai 1602 et en octobre 1605.

puyer les fondemens de nostre Estat,
que nous penserions ne pouvoir subsister aultrement, n'ayant rien en si
grande recommandation après l'honneur de Dieu que la faire distribuer
esgallement et en toutes saisons à nos
subjectz comme nous y sommes tenuz
et obligez ; et par ce que durant le
temps des vaccations qui aproche maintenant auquel vous avez accoustumé
vous retirer en vos maisons aux champs
pour vacquer à voz affaires particul-
lieres et donner quelque relasche à la
peine que vous avez eue tout du long
de l'année, il se pourra presenter plusieurs affaires dont le retardement im-
porteroyt non seullement à aucuns de
noz subjectz en particullier, mais aussi
generallement à tout nostre Royaulme
en ceste saison que le mal qui l'a af-
fligé depuis un si long temps conti-
nuant encores, il est necessaire que
chacun y mette la main pour y apporter

sans intermission à nosdictz subjectz ;
car tel est nostre plaisir.

Donné au camp de Sainct Denis en
France le premier jour d'aoust, l'an
de grace mil cinq cens quatre vingtz
dix, et de nostre regne le premier.

Ainsi signé : HENRY ; et plus bas :
Par le Roy. Ruzé.

Scellée sur queue simple du grand
sceau en cire jaulne.

Leues, publiées et registrées, ouy et
le requerant le Procureur general du
Roy, et ordonné que coppies collation-
nées à l'original seront envoyées par
tous les bailliages et seneschaulcées
de ce ressort pour estre leues et publiées. Enjoinct la Court aux Substi-
tuds dudict Procureur general le re-
querir et aux juges procedder à la

missions qui lui furent faites en cette circonstance :

« Ce jour le Roy de France et de Navarre, apres la prise de la ville de Vendosme de laquelle il partit ce dit jour, arriva en ceste ville entre six a sept heures au desçeu de la grande part des habitans et alla au logis du sieur de la Valliere, n'agueres maire de la d. ville, assis pres le carroir Jean de Beaune [1], ayant laissé son armée au d. Vendosme pour s'acheminer en la ville du Mans, et en y allant reprendre les places, et chasteaux distraits de l'obeissance de Sa Majesté, icelle armée conduite par mons[r] le mareschal de Biron.

De quoy ayant esté advertie la

---

[1] Ce *logis*, connu sous le nom de l'hôtel de la Crousille, a été presque entièrement démoli par la construction de la rue Ragueneau ; c'est là que naquit, cinquante-cinq ans plus tard, Françoise-Louise de la Vallière.

susdits partirent de la d. Chambre environ sur les neuf heures du matin
accompagnez de Pasquier advocat general, Barthelemy greffier et des huissiers de la d. Chambre marchans devant avec leurs baguettes jusques aux
degrez de la montée du d. logis auquel ils s'acheminerent et monterent
à la chambre de Sa Majesté ou ils
trouverent le d. Seigneur accompagné
de Messieurs les Cardinaux de Vendosme, de Lenoncourt, Messieurs les
Princes de Comty, Comte de Soissons,
Princes du sang, Messieurs le Comte
de St Paul, de Danville, du Sieur de
Bellegarde, grand Escuyer de France,
du Sieur de Souvray, gouverneur de
cette ville de Tours et plusieurs autres
officiers de la Couronne et seigneurs
du Conseil, et Messieurs de la Cour de
Parlement qui estoient pour mesme
effect.

Et apres que le sieur de Harlay pre-

Messieurs du Clergé de la Ville et du
grand Conseil qui alloient pour le
mesme effect comme aussy Messieurs
Les Maire et Eschevins et le Siege pre-
sidial d'icelle ville de Tours. »

Ce même jour, le Roi donna audience
à Jean Moncenico, ambassadeur de la
République de Venise, première puissance catholique qui l'ait reconnu [1].

[1] *V. le Journal de Pierre de l'Etoile*, auquel Du Chat
ajoute : « Jean Moncenico, ambassadeur en France,
donna advis au Sénat de la mort de Henry III, et en
même temps de la manière que les Princes, les Officiers de la Couronne et les plus grands Seigneurs du
Royaume avoient reconnu le Roi de Navarre pour son
successeur. Sur cet advis réitéré, le Sénat de Venise
s'assembla pour déliberer s'il devoit envoyer un
ambassadeur en France, pour reconnoître Henry de
Bourbon pour Roi, et pour renouveller l'alliance qu'il
avoit eue avec ses prédecesseurs. Cette déliberation
dura deux jours, pendant lesquels les ambassadeurs
d'Espagne, de Savoye et du Pape, firent tous leurs
efforts pour empêcher, ou du moins pour suspendre
à un autre temps cette ambassade, representant à
cette Republique que le Roi de Navarre étant excom-
munié, et déclaré par le Pape indigne d'être Roi,
elle ne devoit pas le reconnoître ; mais malgré toutes

1590, 1 aoust.

AU PARLEMENT DE TOURS.

HENRY par la grâce de Dieu, Roy de France et de Navarre, a noz amez et feaulx les gens tenans nostre Court de Parlement de Tours, Salut.

La justice bien et deuement admi-
nistrée faict regner heureusement les
Roys et contenir leurs subjectz en l'ob-
beissance qu'ilz lui doibvent, les faisant vivre en bonne union, concorde
et amitié, aussi esse la principalle co-
lonne sur laquelle nous voullons ap-

la garison qu'il semble que Dieu par
sa grâce et bonté veult bien tost envoyer, pour ne rien oublier de nostre
costé que nous pensions y pouvoir
apporter quelque advancement, Nous
vous mandons, commandons et expressément enjoignons par ces presentes
signées de nostre propre main que vous
ayez à continuer le Parlement, sans
aucune intervention jusques à la feste
Sainct Martin prochaine ; faisant les
despesches et expeditions necessaires
à nosdictz subjectz poursuivans leurs
procès et affaires pardevant vous, tout
ainsi et en la mesme forme et manière
que vous avez accoustumé faire, sans
que aucun d'entre vous puisse soubz
pretexte dudict temps des vaccations
ny soubz aultre coulleur ou pour
quelque occasion que ce soyt desem-
parer la compagnie et discontinuer
l'exercice et administration de la justice que nous voullons estre rendue

publication et en certiffier la Court le plus tost que faire ce pourra, selon la distance des lieux, et a faict inhibitions et deffences conformément à la volonté du Roy, aux advocatz et procureurs de se retirer hors cette ville, sans le congé dudict Seigneur ou permission de ladicte Court.

A Tours en parlement le neufviesme aoust mil cinq cens quatre vingtz et dix.

Signé : MAIGNAN.

(Fonds Dupuy, 215.)

1593, 26 février.

A noz chers et bien amez les eschevins et habitans de nostre ville de Moulins.

Chers et bien amez, ayant ordonné à nostre cousin le duc de Nevers, gouverneur de nostre direction generale en Champaigne et Brye, de faire ramener au plus tost ez nostre dicte province de Champaigne les deux canons que nostre cousin le mareschal d'Aumont a cy devant laissé en nostre ville de Moulins, nous escrivons au sieur de Chazeron qu'il face dellivrer ces deux canons a nostre dict cousin ou a ceulx qu'il enverra pour les recepvoir en vous rendant les recepissez des deux dicts canons que le dict sieur de Chazeron et vous aurez donné à nostre dict cousin le mareschal d'Aumont, de

quoy nous vous avons bien voullu ad-
vertir affin que de vostre part vous n'y
faciez aulcune difficulté. Car tel est
nostre plaisir et le bien de nostre service le requiert.

Donné à Tours le xxvj^e jour de febvrier 1593.

HENRY.

POTIER.

(Fonds Béthune, ms. 9113, fol. 23.)

1593 , 23 mars.

A *Monsieur DE SILLERY, conseiller en mon conseil d'Estat et mon ambassadeur en Suisse.*

Monsr de Sillery, Sur les sept mil escus ordonnez pour le regiment du collonnel Galaty, composé de quatorze compaignies, j'entendz que le cappitaine Studer en touche douze cens, et le cappitaine Hessy mil, dont les quatre cens luy seront seullement rabbatus sur ce qui luy est deu, et des six cens de reste je luy en faictz don, pour le recompenser et reconnoistre de la perte qu'il a soufferte, à cause de l'inconveniant qui luy est advenu pour mon service avec le cappitaine Ficuller. Je veulx aussy que la part qui debvoit venir aux cappitaines Zanner et Kessel

et Fieuller soit baillée audict cappitaine Studer, attendu qu'ilz sont du
party de mes ennemys et ont porté les
armes contre moy depuis leur licen-
tiement. Vous me ferez service bien
agréable d'y tenir la main ; car je desire gratiffier en tout ce qui deppendra
de moy ledict Studer et Hessy pour
leur donner moyen de continuer tousjours en la bonne affection que j'ay
reconneu qu'ilz ont au bien de mes
affaires. Sur ce je prie Dieu, Monsr de
Sillery, vous avoir en sa saincte garde.

Escript à Tours le xxiij^e jour de
mars 1593.

HENRY.

FORGET.

(Bibl. de l'Institut, portefeuille Godefroy,
n° 262, pièce 39.)

1593 , 23 mars.

A Monsr *DE SILLERY*, *conseiller en mon
conseil d'Estat et mon ambassadeur en
Suisse.*

Monsr de Sillery, Je suis après pour
faire fonds pour une levée de Souisses,
de laquelle je desire que le collonnel
Galati ait la conduicte, comme person-
nage de la suffisance, valleur et fidel-
lité duquel j'ay parfaicte confiance.
Pour le regard des Cappitaines de la
dicte levée je me remets à ce que vous
et ledict Collonnel en adviserés par
ensemble. Et n'estant la presente à

aultre fin, je prie Dieu, Monsr de Sillery, vous avoir en sa saincte garde.

Escript à Tours ce xxiij^e jour de mars 1593.

HENRY.

FORGET.

(Bibl. de l'Institut, portefeuille Godefroy,
n° 262, pièce 40.)

1593, 3 aoust.

Le Marèchal D'AUMONT, se trouvant a
Tours en 1591, écrivit au Roy :

SIRE ,

Les maire et eschevins de ceste ville
de Tours m'ont faict veoir le lieu et
assiete par où ils desirent ampliffier et
fortiffier ceste ville, suyvant le commandement qu'ils en ont eu jadis du
feu Roy et qu'ils esperent recevoir de
V. M. C'est une digne et belle entre-

prise et qui mérite venir à perfection
de vostre temps, pour remarque de
vostre regne. Ilz s'asseurent de con-
duire la riviere de Cher navigable dans
leurs fossés de la part opposite où flue
celle de Loire, chose qui decorera et
enrichira grandement la ville et ne la
rendra guiere moins célèbre que Paris
ou autre ville des plus belles de vostre
royaume, ce que V. M. doit, ce me
semble, d'autant plus affectionner que
je juge que ce sera désormais où vous
ferez plus d'ordinaire demeure. Le
sieur Du Plessis Prevost, l'ung de vos
maistres d'hostel et de vos plus anciens
dommestiques [1], en a faict le dessein
avecques une façon de fortiffier non
encore pratiquée en certaines parti-

---

[1] Auteur des *Triomphes de Chenonceau*, qu'il nous
a été donné de réimprimer, grâce à l'obligeant con-
cours de M. J. Taschereau, qui possède un exem-
plaire, probablement unique, de cette précieuse
plaquette.

cularités, mais véritablement digne
d'estre considérée, et d'une force
inexpugnable, comme V. M. le jugera
sur le pourtraict. C'est dommaige que
son eage le recule de la fatigue de
vostre suite, car oultre la cognoissance
qu'il a de l'architecture et fortification,
il est capable de beaucoup de belles
choses mesmes pour le faict de la
guerre, en laquelle despuis quarante
ans il peut avoir veu et seu beaucoup
de choses qui pourroient proffiter; il
promet publier ung beau discours de
ceste discipline. J'en dirois dadvantage
si je ne savois bien que V. M. a cognoissance avant moy de ce qui est, qui ne
me fera estendre de plus longue recommandation de son mérite. Par es-
timation commune la fortification de
ceste ville pourra apparoistre en def-
fence pour le faict de la terre en deux
ans; mais la despence qui leur faict
peur ne peut subsister sans vostre se-

cours, comme ils feront entendre plus
à plein à V. M. laquelle je prie Dieu,

SIRE,

Conserver en tres parfaicte santé,
tres heureuse et longue vie.

A Tours le xxiiij⁰ janvier 1591.

Vostre tres humble et tres obeissant
subject et serviteur

D'AUMONT.

(Bibl. imp.. fonds Béthune, 9097, f⁰ 52.)

Les manans et habitans de Tours ayant
fait entendre plus à plein à Sa Majesté
leur nécessité de se garantir contre les
désastreuses invasions de la Loire et de
la Ligue, le Roi adressa aux gens de ses
comptes la lettre suivante, que M. Lam-

bron de Lignim a publiée dans le *Journal
d'Indre-et-Loire* du 19 février 1859, et
qu'il a bien voulu nous autoriser à re-
produire ici :

HENRY, par *la grâce de Dieu Roy de
France et de Navarre, à nos amez et
feaulx conseillers les gens de noz comptes,
à present establiz à Tours, salut et
dilection :*

Nos chers et bien amez les maire,
eschevins, manans et habitans de nostre
ville de Tours, nous ont faict remons-
trer, que le feu Sr de Boisregnault [1] cy
davant commis par le feu roy nostre
tres honnoré seigneur et frere pour
visiter et faire reparer les turcyes et

---

[1] Noble homme Claude de Troyes, conseiller du
roi, premier président au bureau des finances de
Paris, seigneur de Boisregnault, issu d'une ancienne
famille de Touraine.

levées des rivieres de Loire et Cher,
recongnoissant apres en avoir faict dil-
ligente inquisition, que pour contenir
les dictes rivieres et empescher que
lors de leurs grandes creues elles ne
débordassent dedans les varennes et
plat païs estant entre les deux rivieres
de Loire et Cher traversant par dedans les faulxbourgs de ladicte ville
appelez St Pierre des Corps et de la
Riche et ce faisant inundassent les
dictes varennes et prez estans depuis
les dicts faulxbourgs jusques au coustau, sur lequel sont assiz les villages
de Sainct Advertin, prieuré de Grand-
mont, Pontcher, ce qu'advenant elles
gasteroient environ une lieue de large
et de long jusques au lieu de Becde-
cher, auquel lieu les dictes rivieres
assemblées battent le coustau qui sont
plus de sept lieues de long, il estoit
necessaire de faire ung bastis le long
de ladicte riviere de Loire depuis la

teste dudict faulxbourg St Pierre des
Corps jusques aux murailles de ladicte
ville du costé de la porte de la Tour
feu Hugon et depuis les murailles
dicelle ville du costé de la porte de
la Riche jusques au canal par lequel
les dictes rivieres se deschargent l'une
dans l'autre lors de leurs creues, ap-
pellé le ruau Saincte Anne, descen-
dant et retournant le long dudict ruau
jusques à la maison du Sanitas estant
sur le bord dudict canal; de faict ledict
deffunct Sr de Boisregnault auroict faict
commencer ledict bastiz à la teste dudict faulxbourg Sainct Pierre des Corps
de la longueur de cinquante toyses et
plus, et encores auroict faict bastir une
muraille à la teste dudict faulxbourg
de la Riche, joignant ledict ruau
Ste Anne, en la longueur de cinquante
toyses avec desseing de faire continuer
lesdicts bastis tout du long desdicts
faulxbourgs, par année, à mesure que

les deniers qui se levent pour la reparacion desdictes turcyes et levées le
pourroient porter.

Mais depuis par le moyen du décedz
dudict feu Sr de Boisregnault, qui se-
roict deceddé en nostre armée en lan
mil cinq cens quatre vingtz neuf, la
construction desdicts bastis auroict esté
discontinuée jusques en l'année mil
cinq cens quatre vingtz douze, que nos
amez et feaulx conseillers les presidens et tresoriers generaulx de France
establiz en nostre dicte ville de Tours,
voians le peril desdictes rivieres et se
souvenans de la conferance quilz avoient
eue sur ce faict avec ledict Sr de Boisregnault, auroient ordonné que le sur-
plus qui restoict à faire audict bastis du
costé dudict faulxbourg Sainct Pierre
des Corps, a prendre depuis ce qui en
avoiet esté commencé jusques a ladicte
muraille de la ville du costé de ladicte
porte de la tour feu Hugon, seroiet pu-

blié et dellivré au rabais et moins di-
sans par davant nos presidens et esleuz
en lellection dudict Tours ; en l'execution de quoy louvrage et construction desdicts bastis auroict esté delli-
livré, par davant lesdits esleuz, à
Catherin Besnard au pris de *quatorze*
escuz quarante sols pour chacune toyse
courante bastye suivant le deviz et desseing qui en auroict esté faict et publié, revenant le tout à la somme de
deux mil cinq cens quatre vingtz dix
sept escuz, quarante solz. Ce qu'ayans
lesdicts supplians entendu, desirans
quil feust faict le long de ladicte riviere
ung ouvraige de plus longue durée,
auroient presenté requeste à nosdicts
presidens et tresoriers generaulx de
France, tendant à ce que ladicte somme
de deux mil cinq cens quatre vingtz dix
sept escuz quarante solz leur feust del-
livrée et ce faisant auroient offert fournir et paier des deniers de leurs octroiz

deux foiz aultant pour faire construire
et edifier, au lieu dudict bastiz, une
muraille forte faicte à chaulx et sable
de la hauteur de trois toises et demye
fondée sur pillottiz de lespoisseur de
six a sept piedz par le bas toute reves-
tue par devant de pierre de taille dure
joincte avec cyment, qui est quarante
quatre escuz sol pour chacune toize
courante a laquelle la valleur de la
conjonction de ladicte muraille et pillottiz s'est trouvée pouvoir revenir au
moings, sellon le déviz et desseing dont
dont ilz auroient faict aparoir auxdictz
tresoriers generaulx suivant leur or-
donnance.

Sur quoy iceux presidents et tresoriers generaulx de France ayant mu-
rement consulté, considerant levidente
utillité que le public auroict audict
offre, en ce que ladicte muraille estant
ainsy construicte les deniers desdictes
turcyes et levées seroient à perppetuitté

deschargez des reparacions desdicts
bastiz, auroient accordé la requeste
desdictz suppliants et par leur ordon-
nance du douzieme febvrier dernier
passé, et depuis par aultre leur ordon-
nance du vingt sixieme may en suivant,
ordonné aux tresoriers des turcyes et
levées de paier et mettre es mains de
Me Philippes Gueston, commis par lesdictz maire et eschevins a tenir compte
de la despence de ladicte muraille, la
somme de deux mil cinq cens quatre
vingtz dix sept escuz quarante solz; en
consequence de quoy les supplians sont
desja entrez en despense de la somme
de quatre mil escuz et plus tant pour
les materiaulx quilz ont desja faict
porter sur le lieu que pour avoir faict
commencer la construction desdictz
pillottiz et muraille, nous suppliant et
requerant tres humblement quil nous
pleust vallider et auctoriser lesdictes
ordonnances desdictz tresoriers gene-

raulx et d'habondant ordonner quil sera
prins sur les deniers desdictes turcyes
et levées, a raison de quatorze escuz
quarante solz pour chacune toyze courante, en la longueur qui est depuis
ladicte muraille de la ville jusques au
Ruau Ste Anne et le long dudict ruau
comme dessus, pour aider a bastir et
construire en ladicte longueur, au lieu
de bastiz, une pareille muraille que
celle dessus dicte, quilz ont offert et
promis bastir le long de ladicte riviere
dudict costé de Sainct Pierre des Corps.

A quoy nous inclinant liberallement
et apres quil nous est apareu de ce que
dessus et par le tesmoignage de une
voix qui nous en a esté rendu par le
sieur de Souvré gouverneur et nostre
lieutenant general audict pais, recongnoissant, en ce faisant, la necessitté
de ladicte construction et evidente util-
litté qu'elle apportera au plat pais,
mesme la descharge qui s'en ensuivra

par ce moyen sur nosdictz deniers des
turcyes et levées a ladvenir, avons de
nostre propre mouvement, grace spe-
cialle, plenne puissance et auctoritté
roial, vallidé, auctorizé et confirmé,
vallidons, auctorizons et confirmons
par ces presentes, signées de nostre
main, lesdictes ordonnances, desditz
presidens et tresoriers generaulx de
France, desdictz douziesme febvrier
et vingt sixieme de may derniers pas-
sez ; ensemble les paiemens qui se
trouveront avoir desja esté faictz en
vertu de nos lettres qui eussent esté
preceddentes lesdictes ordonnances ;
voullons et nous plaist que ce qui en
reste a estre paié suivant icelles ordonnances, soict payé et acquitté par
lesdictz tresoriers des turcyes et levées,
à la charge que lesdictz deniers seront
emploiez a ladicte muraille et non ailleurs, et pour les mesmes considera-
cions avons en outre voullu et ordonné,

voullons, ordonnons et nous plaist que
sur les deniers qui se sont levez et
leveront a ladvenir pour la reparacion
des turcyes et levées de Loire et Cher
tant de l'imposicion antienne que aultres venues et destinées auxdictes reparacions il soict paié, baié et dellivré
a une foys ou plusieurs par les ordonnances desdictz tresoriers generaulx
ausdictz maire et eschevins, ou leur
recepveur commis et deputté, la somme
à laquelle reviendra ce qu'eust peu
couster ung bastiz le long de ladicte
riviere de Loire, depuis ladicte muraille de la ville du costé de la porte de
la Riche jusques audict ruau Ste Anne
et le long dudict ruau jusques au bastion qui est joignant icelluy ruau, a la
raison susdicte de quatorze escus quarante solz tournois pour toyse courante
dudict bastiz; a la charge et condicion
que lesdictz maire et eschevins em-
ploiront ce quilz auront receu des de-

niers desdictes turcyes et levées, et
encores deulx fois aultant des deniers
de leurs octroiz, pour faire construire
et ediffier des murailles de la quallitté,
matiere et espaisseur susdicte le long
de ladicte riviere, au droict desdictz
faulxbourgs de St Pierre des Corps et
de la Riche, et encores le long du Ruau
Ste Anne jusques audict bastion; mandant et enjoignant ausdictz president
et tresoriers generaulx de France faire
paier et bailler ausdictz maire et eschevins lesdictz quatorze escuz quarante
solz pour toyse, en quelque nombre
de toyses que ladicte estendue cy dessus pourra revenir, nexceddant toutes
fois cinq à six cents toises; et a vous
gens de noz comptes passer et allouer
es comptes desdictz tresoriers des turcyes et levées la somme quilz auront
pour ce payé tant auparavant lexpe-
dicion de ces presentes, en vertu desdictes ordonnances, que ce quilz paie-

ront cy apres en consequence dicelles
sans y faire aucune difficulté, car tel est
nostre plaisir nonobstant quelques ordonnances, mendemens, deffences et
aultres choses a ce contraires ausquelles
et à la derogatoire de la derogation
dicelles nous avons derogé et dero-
geons par ces dictes patentes.

Donné à Sainct Denis le troisieme
jour d'aoust, l'an de grace mil cinq
cens quatre vingtz treize et de nostre
regne le quatriesme. Ainsi signé par
le Roy en son conseil Forget et scellées
sur simple queue du grand scel de
cire jaulne. — Parchemin.

Collationné à loriginal par moy conseiller secretaire du Roy et des finances.

Signé : TESTU.

(Archives de l'hôtel de ville de Tours. Tra-
vaux publics, liasse 32⁵.)

1594, 25 février.

AU PARLEMENT DE TOURS.

Nos amez et féaulx, sur la recon-
gnoissance en laquelle les habitans de
nos villes d'Orléans et de Bourges sont
entrez avec le Sr de la Chastre de la
fidélité et obéissance qu'ils nous doi-
vent et la protestation qu'ils nous ont
envoyé faire par leurs députez de la
nous vouloir cy après rendre comme
bons et loyaulx subjectz, nous les
avons amiablement recueillis et em-
brassés et avons voulu non seulement
leur oster toute appréhension de ressentiment des choses passées, mais
encores user envers eulx de spéciales
gratisfications pour d'autant plus les
asseurer de notre bonne grâce et con-
firmer en la bonne et louable résolu-

tion qu'ils ont prinse ainsi que verrez
par nos lettres patentes en forme d'édit
qu'avons sur ce faict expédier, lesquelles nous avons advisé de vous envoier par ce porteur exprès l'ung de
nos huissiers de chambre pour estre
vériffiées et intérinées en notre court
de Parlement et d'autant que s'il y in-
tervenoit difficulté ou longueur, cela
pourroit apporter quelque altération de
leurs bonnes volontés qui seroit non
seulement de dangereuse conséquence,
mais aussi de mauvais exemple pour
les autres villes qui peuvent avoir semblable inclination : A ceste cause, nous
vous mandons et très expressément
ordonnons que vous aiez à procéder
incontinent et avant tous autres affaires
à la dite vérification d'icelles noz lettres patentes purement et simplement
et sans aucune restrinction ne modiffication à ce que estans au plus tost
rapportées en icelles villes avec la dite

expédition, toutes choses y puissent
estre ordonnées et establies ainsi qu'il
appartient pour le bien de notre service dont le principal fondement dé-
pend de l'asseurance que par ce moien
il espèrent et attendent de nostre part,
ainsi que noz amez et féaulx président
et conseillers de nostre dite court voz
déléguez vers nous l'ont particulière-
ment entendu, ausquelz nous avons
ordonné vous escrire les justes occa-
sions et le besoing d'accélerer cest
affaire ensemble notre intention pour
ce regard selon la déclaration que leur
en avons faicte.

Donné à Chartres le xxv⁰ jour de
février 1594.

HENRY.

REVOL.

(Archives de l'Empire. Sect. judiciaire, X,
10144. f⁰ 114. Original.)

1596, 24 janvier.

A *la Royne douairière LOUISE DE VAU-
DEMONT en son chasteau de Chenonceau.*

Madame, J'ay donné charge au S^r de
Ronet de vous visiter de ma part et
vous dire la peine où je me trouve de
vous représenter ung affaire dont la
seulle memoire me comble de douleur,
combien m'est a cœur la vengeance
de ce qui est traistement advenu en la
personne du feu Roy, que Dieu veuille
avoir en sa gloire! J'estime de l'avoir
tesmoigné es batailles et autres exploictz
de guerre où pour cest effect j'ay vo-
luntiers exposé ma vie, comme vous
avez sceu, j'ay commandé à tous mes
officiers et speciallement a ma Court
de Parlement de chercher par tous

moiens d'averer la verité d'ung si execrable assassignat; jusques a present
il n'a pas pleu a Dieu que ce mien
desir ait esté accomply, l'œil de la
justice divine, qui veoit toutes choses,
ne permettra pas, comme j'espere,
qu'une si grande felonnye demeure
impugnye, et pour mon regard je ne
perdray jamais la volunté d'en faire
faire la justice que je ne perde la vie;
vous priant, Madame, de vous asseurer de la parolle qu'en cela je vous
donne et de croire que quelque conseil
qui m'ait esté donné par ceux de mes
serviteurs que j'ay congneu les plus
affectionnez au bien de cest Estat, de
reprendre en ma bonne grace mon
cousin le duc de Mayenne, je ne m'en
eusse peu resouldre si par aucunes
preuves il m'eut apparu qu'il soit au-
theur ou consentant audict assassignat;
mais ayant veu par les informations
qui sur ce ont esté faictes depuis sept

ans en çà qu'il n'y a point de charge
contre luy ny contre les Princes et
Princesses qui ont adhéré a son party,
j'ay esté conseillé par les Princes,
officiers de ma couronne et plusieurs
autres qui sont les principaux en mon
Conseil, rappellant aupres de moy ledict duc de Mayenne, de trouver bon
qu'il ne luy demeurast aucun soubzçon
que par cy apres on le vueille recherche
de ce malheureux et traistre assassignat, sur ce que ledict duc a remonstré
qu'il demande d'en estre declaré inno-
cent, non pour crainte qu'il se puisse
trouver avec verité qu'il en soit chargé,
estimant que le terme de sept ans que
l'on a continué l'inquisition de ce crime
le justiffie assez, n'ayant aparu pas ung
seul tesmoing ne indice qu'il en soit
chargé ou soubzçonné, mais que ayant
esté contrainct par le malheur de la
guerre civile diffamer en ce Royaume
plusieurs personnes de toutes qualitez.

il ne peult estre qu'il ne luy demeure
quelque soubzçon en l'esprit que, si on
le verra desarmé, ses ennemys qui
prennent aisement conseil de suborner
par argent leurs faulx tesmoings pour
se vanger de luy et mectre son honneur en compromys et sa vie en dan-
ger. Ces considerations, Madame, ont
faict que je ne me suis resolu d'accor-
der l'exception contenue audict Edict
touchant ledict duc de Mayenne, Princes
et Princesses qui ont adhéré à son
party, car jugeant par l'advis de tous
les principaux de ce Royaume qu'il
estoit tres expedient et tres necessaire
de finir ces guerres civilles par une
bonne paix, il a faillu, voullant la paix,
que j'aye aussi voullu et accordé ladicte demande, puisque aultrement je
ne pouvois avoir la paix ; ledict duc
de Mayenne eust mieux aimé de se
justiffier par ung arrest de ma Court
de Parlement, et pour cest effect eust

desiré que mon procureur general eust
encore eu six mois et ung an de terme,
pour s'informer s'il pouroit avoir charge
contre luy; mais il n'y a pas aparance
que l'on avance plus en cet affaire en
six mois et ung an qu'il n'a esté faict
ès six années précédentes, et l'estat
des affaires de ce Royaume tel qu'il
est a present ne permect pas que la
publication de l'accord que j'ay faict
avec ledict Duc soit plus longuement
differé : qui est la cause, Madame, que
je vous prie de voulloir en ce faict vous
conformer a ma resolution, et d'aultant
que j'ay esté vostre chancellier a commandement de vous de s'opposer par
devant ma Court de Parlement a la
veriffication de l'Edict que j'ay faict
sur ce que j'ay accordé audict duc de
Mayenne, je vous escris ceste cy et
ay donné charge expressement audict
Sr de Ronet de vous prier de ma part
de vous desister de ladicte opposition

qui pouroit aporter longueur a la veriffication dudict Edict au grand prejudice de ce Royaume et retardement de
mes affaires. Je sçayt et c'est chose no-
toire que vous avez vertueusement tesmoigné à ung chacun la generosité de
vostre cœur, l'affection et l'honneur
que continuez à la memoire de ce bon
Roy que nous regretons; vous n'avez
rien obmis de ce qui se peult a la van-
geance de l'assassignat commis en sa
personne; pour ce regard vous en de-
meurez deschargée devant Dieu et devant les hommes et je vous declare que
j'ay tout contentement du grand debvoir qu'avez faict en cela. Je vous en
accorde telles lettres pour vostre descharge qu'estimerez avoir besoing,
m'asseurant que vous continuerez avec
moy et autres toujours ce pensement
d'averer ce crime qui touche de si pres
a tous deux, et dont je veulx esperer
que Dieu permectra que nous ayons

en fin ceste satisfaction en noz ames
que la verité venant en lumiere la pu-
nition s'en ensuyvra telle que requiert
l'enormité d'ung si execrable parri-
cide ; et me remectant a ce que plus
amplement vous en sera dict de ma
part par ledict Sr de Ronet, auquel je
vous prie d'adjouter foy, comme vous
feriez a moy mesme, je finiray cette-cy
par prier Dieu vous avoir, Madame,
en sa saincte garde. Ce xxiij janvier
à Folembray.

Vostre bien bon et humble frere

HENRY.

Madame, outre la charge que je
donne au Sr de Ronet, j'ay prié mon
cousin le duc d'Elbeuf de vous dire
quelle est mon intention sur le contenu
en la presente.

(Bibl. de l'Institut, portefeuille Godefroy,
n° 262.)

Pour apprécier la valeur de cette lettre,
nous nous permettons de renvoyer nos
lecteurs à l'*Histoire sommaire de la Vie
de Louise de Lorraine* qui précède l'*Inventaire des meubles, bijoux et livres
estant a Chenonceau le huit janvier
M D C III.* — Paris, Techener, 1856.

1598, 1 mars.

AU PARLEMENT DE PARIS.

A nos amez et féaulx, nous vous
envoyons les lettres d'abbolition que
nous avons accordées au sieur de
Boùrcany en faveur de sa réduction
vollontaire en nostre obéissance et des
ville et chasteau d'Ancenys dont la
prompte vériffication est grandement
importante au bien de nostre service
pour l'advancement de ceste réduction
beaucoup utille au bien de nos affaires,
et qui servira d'exemple à plusieurs
aubtour qui sont en vollonté de faire
le semblable. A ceste cause, nous vous
mandons, ordonnons et très expressément enjoignons que tous affaires
cessans, vous ayez à procedder à la vériffication de nos dites lettres d'abbo-

lition selon leur forme et teneur sans
y user d'aulcune difficulté, restrinction
ny modiffication, sur tant que vous
aymez le bien de nostre service et advancement de nos affaires.

Donné à Chenonceaulx le premier
jour de mars 1598.

HENRY.

POTIER.

(Archives de l'Empire. Sect. judiciaire, X,
1574, f° 377.)

1598, 28 septembre.

Responce du ROY à l'harengue de
M^r l'evesque de Tours.

A la vérité je recognois que ce que
vous avés dit est véritable : je ne suis
pas auteur de nomination, les maux
estoient introduitz auparavant que je
fusse venu. Pendant la guerre j'ay
couru ou le feu estoit plus allumé
pour l'estouffer; maintenant que la paix
est venue, je feray ce que je dois faire
en temps de paix. Je sçay que la Reli-
gion et la Justice sont les colommes et
fondements de ce Royaulme, qui se
conservent de justice et de piété ; et
quand elles ne seroient je les y voul-
drois establir, mais pied à pied, comme
je feray en toutes choses. Je feray en
sorte, Dieu aydant, que l'Eglise sera

aussy bien qu'elle estoit il y a cent
ans. J'espere en descharger ma con-
science et vous donner contentement :
cela se fera petit à petit ; Paris ne fust
pas faict en un jour. Faictes par vos
bons exemples que le Peuple soit autant excité à bien faire comme il en a
a esté precedemmant esloigné. Vous
m'avés exhorté de mon devoir, je vous
exhorte du vostre ; faisons bien vous
et moy et si nous nous rencontrons se
sera bien tost faict. Mes predecesseurs
vous ont donné des parolles avec beaucoup d'apparat, et moy avec jaquette
grise je vous donneray les effects ; je
n'ay qu'une jaquette grise, je suis gris
par le dehors, mais tout doré au dedans.

(Dupuy, n° 407, f° 27 r°, 1.)

M. Berger de Xivrey a donné cette
charmante pièce sous le titre de *Réponse*

de Henri IV aux députés du clergé. Il
nous a semblé curieux de la répéter pour
faire remarquer qu'elle a été adressée à
François de la Guesle. C'est ce cent-sep-
tième successeur de saint Gatien qui fonda
à Tours des monastères de Feuillants, de
Récollets, de Capucins et de Carmélites.

1602 , 14 may.

A nos amez et feaulx conseillers les gens
tenans nostre Chambre des Comptes
establie a Rouan.

Nos amez et feaulx , nous avons
desja entendu de nostre procureur general en nostre chambre ce que vous
dictes avoir en dottation pertinente et
suffisante pour vous excuser de la veriffication de nostre Edict faict pour
la vente et revente de nostre domaine
et de l'arrest de mon Conseil sur ce
intervenu , et voions que les dernieres
excuses et remises que vous printes ,
par vostre dernier arrest, et remons-
trances que vous avez a nous faire en-
vie , ne concernent tant nostre interest
et du public que vostre particulier.
Cela nous a faict daultant trouver plus

mauvais vostre dict reffus : pour eviter
la longueur et prejudice duquel et vous
presser a l'execution de nos dicts Edict
et Arrest, nous vous envoions ***, l'un
de noz valletz de chambre [1], expres
avec ces presentes pour vous dire et
asseurer nostre volonté et intention
absolue estre que vostre dict arrest
dernier demeure sans effect , et toutes
excuses, remises et difficultez post-
poseez vous aiez la presente receue a
proceder a l'omologation et entiere
execution de nos dictz Edict et Arrest, aiant expressement commandé
au dict *** de ne departir d'aupres de
vous qu'il ne voist la resolution de cest

---

[1] Ce valet de chambre devait se nommer Richier,
car dans une autre missive (*fol.* 269 *du même Recueil,*)
aux procureurs et advocatz generaulx du Parlement,
le Roi dit : « Nous avons avec desplaisir entendu
« de Richier, l'un de noz valletz de chambre, que
« quelques diligentes poursuittes et sollicitations
« qu'il ayt faict durant dix jours il n'a peu avoir
« aulcune response aux lettres qu'il vous a rendues
« de nostre part. »

affaire. Vous mandant de vostre part dy user de telle diligence que dans huict jours apres la reception nous le revoions pres de nous avec preuve et tesmoignage certain du respect et de la reverence et obeissance a noz commandementz, sur tant que vous desirez nous conserver la bonne et sincere opinion que nous avons tousjours eue de vous a l'observation de nos dictz commandements, et ne nous contraignez d'en advancer l'execution par autres voies et authorité que de la vostre. Car tel est nostre plaisir.

Donné a Tours le xiiij^e jour de may 1602.

HENRY.

POTIER.

*A nostre Procureur de la Chambre
des Comptes a Rouan.*

Nostre amé et feal, nous ne pouvons
que nous n'aions un extresme desplaisir de voir que nostre Chambre se
soit avec si peu d'apparent pretexte
volontairement bandée à contester, de-
battre et empescher si elle pouvoit
l'execution de nostre Edict faict pour
la vente et revente de nostre domaine
en Normandie au mespris des commandementz sy expres que nous lui
en avons faictz desquelz ilz ont ouver-
tement et absolument reffusé d'obeir,
proposant de vouloir reiterer les resmontrances qui ne peuvent estre autres ne plus fermes et vallables que
celles qu'elle nous a faictes par vostre
entremise, auxquelles nous voulons
qu'elle s'arreste sans esperance de

pouvoir estre receuz et en faire d'autres. Ce que nous vous mandons et
enjoignons tres expressement de re-
partir a nostre dicte Chambre aussitost
que la presente sera receue et tenir la
main a ce que toutes excuses postpo-
seez et cessans ce porteur, l'un de noz
valletz de chambre que nous envoions
expres vers elle, nous en rapporte
l'entier effect et l'accomplissement et
qu'il ny ait faulte, car tel est nostre
plaisir.

Donné a Tours le xive de may 1602.

HENRY.

(Bibl. Mazarine, ms. 1549, fol. 231 et 233.)

M. Berger de Xivrey n'indique pas ces
deux pièces dans sa précieuse *Table de
plusieurs lettres de Henri IV qui ne
lui ont pas paru devoir être imprimées ;*

mais il y signale la lettre suivante, adressée au premier président du parlement de
Normandie, comme ayant due être écrite
le 14 mai 1602, par conséquent à Tours :

Monsr le President ,

Je ne puis avoir a plaisir les remises
qu'avez faict de faire publier le reglement faict en mon Conseil pour l'execution de l'Edict de la vente et revente
de mon domaine, d'aultant que ledict
reglement est principallement faict
pour cognoistre comment il est pos-
sedé, soubz quel tiltre et par quelles
personnes, et apres avoir esté veu en
mon Conseil les proces verbaulx du
commissaire deputé pour l'execution
dudict Edict estre ordonné de la vente
et revente des choses qui se trouveront
mal possedeez, tenuez, receleez et usur-
peez. C'est pourquoy je vous ay voulu
faire la presente pour vous dire que

vous aiez, sur tant que vous desirez
me complaire, a faire proceder incontinant et sans delay a ladicte publication, et icelle m'envoier par ce porteur.... que je vous envoie expres. Ce
que me promettant que ferez je prie
Dieu, Monsr le president, qu'il vous
ait en sa saincte garde.

Escript a .....

A cette lettre, tirée du même manuscrit,
f° 19, je crois qu'on peut joindre encore la
suivante, que M. Berger de Xivrey (t. VII,
p. 943) date, sans la transcrire, évidem-
ment à tort, *du jour même de la mort
de Henri IV*, car on lit sur son verso :
*Coppie de la missive au premier presi-
dent de la Chambre des Comptes, du
14 may 1602 :*

Monsr le President,

C'est avec si peu d'apparente occasion que ma Chambre des Comptes a

prins n'agueres pretexte de reffuser
l'execution de mon Edict pour la vente
et revente de mon domaine et l'arrest
de mon Conseil sur ce intervenu, que
je ne puis que sinon avoir un tres
grand ressentiment et mescontente-
ment. Mais affin que toutes ces lon-
gueurs cessent comme elles doibvent
aussy puisque mon procureur general
bièn informé de l'intèntion de madicte
Chambre m'a desja faict d'assez amples
resmontrances sur ce subject, j'escript
a madicte Chambre par ***, l'un de
mes valletz de chambre que je des-
peche expres vers elle pour luy man-
der qu'elle n'espere plus estre admise
et receu desormais a faire d'autres
resmontrances quelles qu'elles soient
que celles de mondict procureur, mais
se conformant a mesdicts Edict et Arrest elle aie suivant tant et si expres
commandementz que j'en ay faictz a
passer oultre lesdictes resmontrances

et sans sy arrester ne avoir esgard
aulcun, et nous faire par le retour de
nostre porteur paroistre en effect l'obeissance et le respect qu'elle doibt a mesdictz commandementz. A quoy vous
mettrez peine qu'il soit incontinant
satisfait desirant que vous y mouviez
la bonne main, et que ledict *** puisse
estre de retour prez de moy dans huict
jours apres la reception de mes presentes lettres. Priant Dieu.....

(Ibid, f° 25.)

1602, 15 may.

*A Mess. VYART et MIRON, conseillers
en mon conseil et depputez pour la conference des limites de Verdunois et
Luxembourg.*

Messires Vyart et Myron, j'ay veu
par voz dernières lettres ce que vous
avez faict en suitte et consequence du
jugement que vous avez donné en faveur de ceulx du chapitre de l'eglise
de Verdun, et particullierement l'asseurance que vous avez donnée au
conseiller Just que vous attendriez les
depputez de mes frere et niepce les
Archiducz pour conferer avec eulx et
que vous departiriez volontiers de ce
que vous jugeriez par ensemble estre
contre la raison; en quoy vous leur
avez faict congnoistre que vous ne de-

siriez rien à l'advantage et faveur de
ceulx dudict chapitre que ce qui est
raisonnable suivant mon intention et
les lettres que je vous avois envoyées
pour cest effect. Depuis peu de jour
l'ambassadeur desdictz Archiducz m'a
faict plaincte de vostredict jugement
tant pour la forme dont vous avez usé
que de ce que vous avez faict en consequence d'icelluy, m'ayant remonstré
que la conference ayant esté accordée
de part et d'aultre, vous n'avez peu
donner jugement sans ouyr les parties
qui y ont interest et l'advis de ceulx
qui sont depputez de la part desditz
Archiducz pour conferer avec vous;
que vous avez faict publier vostredict
jugement depuis icelluy faict signiffier
à ceulx de Danviller, mesmes à quelques particulliers qui sont condamnez
à diverses amendes dont l'execution
ne se pourroit faire que les officiers
et subjectz desdictz archiducz ne se

missent en debvoir de l'empescher par
toutes voyes. Sur quoy j'ay dict audict
Ambassadeur que ledict jugement avoit
esté donné par les Commissaires que
j'ay depputez pour ladicte conference ;
lesquelz se sont trouvez au lieu et
temps accordez pour faire l'assemblée,
ausquelz mesdictz depputez ont attendu
ceulx des Archiducz quatre mois en-
tiers avant qu'entrer en aulcunes pro-
cédures, lequel temps passé estans
pressez par ceulx dudict chapitre, ilz
n'ont peu leur denier justice, ayans
commencé à veoir leurs tiltres et informé des entreprinses faictes sur eulx
par ceux de Dampvillier pour préparer
ce qui dependoit de l'execution de vostre
commission, attendant la veneue desdictz depputez des Archiducz desquels
n'ayans aulcun advis six mois apres
vostre arrivée audict Verdun, vous auriez donné vostredict jugement fundé
sur les tiltres, droitz et possessions

anciennes de ceulx dudict chapitre en
faveur desquelz vous n'avez peu reffuser de donner vostredict jugement;
en quoy vous n'avez rien faict qui n'aye
esté cy devant pratiqué en pareil cas ;
toutesfois qu'ayant esté adverty que lesdictz depputez des Archiducz estoient
arrivez depuis peu en Luxembourg
pour ladicte conference, que je vous
avois escript de les ouyr et leur faire
veoir les tiltres et raisons qui vous
avoient meu de donner ledict jugement,
vous ayant mandé d'en conferer avec
eulx suivant les termes de vostre commission sans faire mention de vostre
jugement ny prendre aulcun advantage
sur icelluy : qui est ce que vous avez
presentement à faire avec les depputez ;
vous ne ferez rien toutesfois qui puisse
rendre ledict jugement nul, si ce n'est
qu'ayant conféré ensemblement ce qui
est requis pour conserver les droictz de
ceulx dudict chapitre et dont ils puis-

sent recevoir contentement. Si en l'execution de ce que dessus vous trouvez
quelque difficulté prejudiciable à mon
service vous tiendrez en surcéance ladicte conference comme aussi l'execution de vostredict jugement, et vous
donnerez advis de ce que vous estimerez estre à faire tant pour mon service que pour la conservation des droitz
de ceulx dudict chapitre.

Je loue la responce faicte à mon
frère le Duc de Lorraine par ceulx du
chapitre de Verdun, et voyant qu'ilz
rendent ce qu'ilz doibvent à mon authorité, je ne veulx aussi leur man-
quer de support et de faveur en la
conservation de leurs droictz, desirant
que les differendz qu'ilz ont avec mondict frère soient terminez à l'amyable,
mais que ce soit par vous que j'ay depputez à cest effect. En quoy j'auray
tres agreable que vous apportiez tout
ce qui dependra de vous pour le con-

tentement de mondict frère, en con-
servant les droictz dudict chapitre; ce
que vous pouvez faire entendre à mondict frère auquel j'en escriray, s'il en
faict plus grande difficulté. Et sur ce
je prieray Dieu qu'il vous ayt, Mess.
Vyart et Myron, en sa saincte et digne
garde.

Escrit au Plessiz lez Tours le xvᵉ jour
de may 1602.

HENRY.

POTIER.

(Dupuy, nᵒ 62, fᵒ 42.)

1602 , 16 may.

*À nos chers et bien amez les bourgeois,
manans* [1] *et habitans de nostre-ville de
Rennes.*

Chers et bien amez, Nous avons re-
centement encores ordonné à nostre
cousin le mareschal de Brissac de faire
promptement travailler a louverture
des tours et portaulx de nostre ville
de Rennes, et faict expedier a nostre
dict cousin une seconde commission
pour cest effect a lexecution de la-

---

[1] Les documents historiques du moyen âge, tels
que chartes octroyées et ordonnances rendues par
les rois, présentent toujours simultanément ces mots
bourgeois et *manants*, qui marquent, à ce qu'on
croit, deux classes intermédiaires entre les nobles
et la plèbe serve, lesquelles sont peut-être moins
distinctes que ne le fait supposer la différence des
dénominations. (V. *Études sur les Proverbes français,
par P. M. Quitard,* p. 32.)

quelle affin quil n'arrive aulcun retardement Nous voulons, vous mandons
et enjoignons tres expressement de
pourvoir promptement et soigneuse-
ment aux moiens necessaires pour
faire les despences quil conviendra a
cest effect et les faire fournir a propos
selon que nostre dict cousin les or-
donnera affin que nostre volonté soit
en cela executee comme nous croyons
quelle importe et est utille au bien et
repos de nostre dicte ville et de noz
subjectz habitans dicelle. Si ny faictes
faulte, car tel est nostre plaisir.

Donné au Plessis lez Tours le xvj^e
jour de may 1602.

HENRY.

POTIER.

(Archives municipales de la ville de Rennes.)

1602, 24 may.

A M^r DE BEAUMONT, *ambassadeur*
en Angleterre.

Monsr de Beaumont, J'ay faict res-
ponce à vos lettres du xxj^e et xxvij^e du
mois d'avril le xiij du present [1]. Depuis
j'ay receu celles du premier et dixiesme,
l'une le quatorziesme et l'autre le xviij^e
d'iceluy. J'ay eu à plaisir de sçavoir
par la première comment la Royne et
ses conseillers se conduisent avec le
Roy d'Escosse et luy avec eulx, aussy
quelle opinion vouz avez de leur inclination et volonté tant generalle que
particullière en son endroict, comme
du party qui pouroit s'opposer à luy

---

[1] Cette réponse se trouve dans le Recueil de
M. Berger de Xivrey : V, 589.

à la prétention de la succession de la
Couronne d'Angleterre après le decedz
de la Royne : car c'est une des choses
de ce siècle à l'evenement de laquelle
nous debvons prendre garde de plus
près pour leur voisinage et les autres
raisons qui vous sont assez congneues
et d'autant plus que nous voyons les
Espagnolz estre jà fichez et bandez
si attentifvement qu'ilz ne peuvent
mesmes attendre que la Royne soit
morte pour y fraper coup; ilz en del-
laissent leurs propres affaires en pre-
ferant ce desseing à celle des Archi-
ducs; lesquelles ne recevront à presant
comme vous sçavez petite faveur de la
paix et amitié d'Angleterre en l'estat
où elles sont, tant ilz recongnoissent
qu'il importe au gros des affaires qu'ilz
ayent part en cette succession, soit
qu'ilz s'en aproprient et la retiennent
pour eulx mesmes, ainsy qu'ilz feront
s'ilz peuvent, ou qu'ils la facent tom-

ber entre les mains de personnes qui
soient à leur devotion et deppendent
d'eulx ; en quoy comme j'estime qu'ilz
ne veulent favoriser ledict Roy d'Escosse, il me semble que je doibs faire
le contraire, et d'autant plus que le
droict et la facillité seront de son costé
quand le changement arrivera, louant
la façon de laquelle vous en avez parlé
avéc le secretaire Cecil, comme je fais
la modestie et la discrettion de ses
responces ; mais je croy que vous ne
le debvez mettre souvent sur ce pró-
pos pour eviter toute jalousie, vous
debvez seulement continuer à l'asseurer quand ceste occasion ou autres se
presanteront ausquelles luy et les siens
auront besoin de ma faveur et protec-
tion qu'elles ne luy seront aucunement
espargnées. Je doibs aussy attendre
que ledict changement advienne et
quelz effectz il produira à sa naissance
devant que de faire proposer audict

Roy des conditions qui luy donnent
subjet de croire que j'aprehende sa
grandeur ny umbrage de ma volonté
ceux qui doibvent estre interessez avec
luy ; le temps et les accidens qui sur-
viendront me donneront assez le moyen
de ce faire plus à propos et civillement.
En tous cas vous avez bien faict de
n'avoir demandé à la Royne le passe-
port du baron du Tour que vous avez
envoyé, car je luy feray prendre le
chemin de la mer, si sa femme qui ne
le veult laisser, s'y peult accommoder ;
mais vous debvez sçavoir si ledict Cecil
a adverty ladicte Dame dudict passe-
port comme j'estime qu'il avoit faict,
afin de luy en parler ainsy que je vous
ay escript, de peur qu'elle en prenne
jalousie, comme en vérité elle n'a occasion de faire : car le plus exprès
commandement que aura de moy ledict
Baron sera d'admonester de ma part
le Roy d'Escosse de reverer ladicte

Dame et de n'avoir autre conception
ny volonté que celle qu'il luy plaira.
J'ay esté bien ayse d'entendre les discours que ladicte Dame a euz avec
vous quand vous luy avez dict les raisons qui me retiennent de m'engaiger
avec elle en la guerre contre le Roy
d'Espagne, et qu'elle les ayt prises en
bonne part. Vous ne pouvez aussy les
luy representer ny respondre à ses
demandes plus sagement que vous avez
faict et debvez continuer à traitter avec
elle avec franchise et douceur comme
vous avez commancé. J'approuve pa-
reillement les offres que vous avez re-
nouvellées à ladicte Dame de mon service et aux chevaliers de son ordre de
mon amitié après la cérémonie d'iceluy, ainsy que vous m'avez escript par
vostre dernière; mais ne vous mettez
en peine de combattre l'opinion qu'ilz
prennent des advis qui leur sont don-
nez d'icy, car vous n'auriez jamais

faict. Observez seulement ce qu'ilz
vous en diront et jugeront et m'en
advertissez, afin quand il sera temps
que vous en parliez comme je vous
l'escriray. Depuis que j'ay commancé
d'armer, les ministres du Pape et dudict Roy d'Espagne m'ont recherché
plus qu'ilz ne souloient d'adviser aux
moyens de remedier aux jalousies qui
sont entre nous et arrester le cours
des effects qu'elles pourroient produire; par où je remarque comme je
fais les incommoditez qu'a leur Roy
en ses affaires, qu'il a autant de mes
armes comme je puis avoir des siennes ;
aussy son ambassadeur a voulu me
faire croire la dernière fois qu'il a
parlé à moy que les armementz que
faict son maistre sont plus préparez
pour se venger de l'affront qu'il a receu
en Irlande et pour secourir la Flandres
que pour entreprendre ailleurs ny se
charger d'une nouvelle guerre, à quoy

il y a grande apparence. Je croy veritablement qu'il n'y a rien qui leur puisse faire prendre autre conseil, s'ilz n'y sont forcez ou conviez du dedans de mon royaulme par ceux qu'ilz peuvent y avoir praticquez, soit qu'ilz leur promettent de grands advantages, ou qu'ilz craignent de les perdre : c'est pour quoy je ne laisseray pour leurs belles parolles et specieuses raisons de me rendre fort et en estat de ne pouvoir estre surpris. Ce pendant je ne veux m'engaiger plus avant avec les Anglois pour faire la guerre audict Roy d'Espagne, tant pour le peu de seureté qu'il y a en la foy d'iceulx, que par ce que je suis encores pressé de ce faire; partant mettez peine à descouvrir ce qu'ilz advanceront en leur traitté de paix et de les solliciter qu'ilz envoyent promptement vers au Païsbas avec le plus de forces qu'ilz pourront. Admonestez les de pourveoir à

bon escient à la seureté d'Irlande,
sans s'amuser aux poursuittes de la
paix, et les asseurez en termes gene-
raux de la continuation de mon amitié,
sans rejetter les ouvertures particu-
lières qu'ilz vous feront. Il fault tenir
ce prétendu nepveu du cardinal Baro-
nius pour un affronteur; vous verrez
par le mémoire que je vous envoie ce
que Bongars a apris de luy, dont vous
ferez part au secretaire Cecil. Mais
quand nous ne debvrions tirer aultre
advantage de la faveur que j'ay de-
partie aux prebstres Anglois que de
les separer du dessein des Jesuites qui
est celuy des Espagnolz, la peine que
j'y emploie ne sera du tout inutile,
comme vous sçavez que n'a esté ma
venue icy où j'ay trouvé tant d'obéissance que j'ay grande occasion de m'en
contenter; je la laisseray aussy semblable à ceux de la ville et du païs de
se louer de ma bonté, et en partiray

après la feste pour retourner du costé de Paris.

Je prie Dieu, &c.

Au Plessis lez Tours, xxiv may 1602.

(Brienne, ms. 38, f° 118 v°.)

FIN